歌集

# 欠落の小片

阪本ゆかり

砂子屋書房

＊目次

装本・倉本　修

歌集

# 欠落の小片《ピース》

# 銀の婚

坂ひとつ登り切れずにとまどいてギアチェンジする夕映えの中

鴛鴦《おしどり》のつがいに及ばぬわが婚も銀の婚なり如月六日

虚ろなる心を持てる娘《こ》と笑う絵そらごとなるテレビドラマに

残照と呼ぶには早いわたくしの午睡の夢を貘が食《は》むなり

ただひとつ母を越えしはともかくも二人娘《ご》を産み育てしことか

メノポーズえいと切り捨ていわばしる垂水の上に女《おみな》を曝す

一人居は孤独にあらずと母は言う「倚りかからず」のページをふせて

乳色の水に抱かるるバスタイム午前零時におのれほどきて

わが鬱をわが手に断たん曇天に今日は大きなシーツを洗う

とうとつに円周率は3となり曖昧模糊の我らが未来

ほめ合って刺をかくして笑いあう鳥獣戯画なる女の集い

のすたるじあ

オバサンと呼ばれてかっと振り向きぬ微量の毒を口紅《べに》にかくして

つぎつぎと家電製品こわれだすわれらが十年　馬酔木は太る

西武ドームの天井高く薔薇展は万のバラ語にむせかえりたり

思い出の小函は開けてはならねども封印もせず捨てられもせず

六月を水無月と書く夕まぐれ蛍《ほうたる》のごと籠もれる吾娘よ

女五十「冬のソナタ」に酔いしれて劫火のごとくに猛暑が続く

朝青龍、ペ・ヨンジュン、わが夫　蒙古斑捺されて生《あ》れきしものら

ひとつふたつ数えておりぬ真夜中に羊ではなくわたしの罪を

フェードアウトのごとかる春の夕まぐれあなたの嘘はそのままでいい

還るべき土にあらねど立ちて見る公園墓地に揺らぐ紅花

焦土にもヒマワリさわに咲くという地震で零《こぼ》れた小鳥の餌《え》より

君はチェロわたくしは弓ふるふると月が笑えば会いたきものを

くもり日の玻璃のむこうに海という薄ずみ色が一日たゆたう

若き僧がごおんごおんと打ち砕く二〇〇四年ののすたるじあを

母われは木洩れ日のごと抱き込む羽ばたける子と羽ばたけぬ子を

妻と母そして女の不等式夜の窓に来て蟋蟀《ちちろ》が唄う

大根の青首は立つさえざえと昨日の嘘の行方は知れず

古家の建具の狂いも老い母も墨絵のごとく晦日雪降る

図らずもエステサロンを閉ずるという華麗な友に重き十年

蜥蜴のしっぽ

虚業という並はずれたる錬金の社長存外善き相である

想定の範囲内だと豪語する蒼き狼生け捕られたり

福は内、鬼も内よとわれに棲む鬼を励ます節分の夜

窓の辺にライスカレーの香りして昨日の修羅も春の陽炎

ミサイルがわが国めざし飛ぶというこんな奇麗な五月の朝を

隠れいし赤き花弁が顔を出すしげみの中の新芽を摘めば

紫陽花の今年の藍は浅くして一掃されたる季節感覚

じくじくと雨の降る夜の品定め韓流俳優ひそと微笑む

とりどりの傘を濡らして人はゆく梅雨寒の日のこの夕つかた

排気量六六〇ccのミニキャロル吾娘《あこ》の愛車に夏日が映える

待つ人も無き七夕には魔女となりひそか雨でも降らしてもみん

肩を出し素裸に近き女子《おみなご》が38℃の街を闊歩す

盛夏とは真紅のペディキュアきわだてて耳に煩きミュールの季節

合祀、分祀、A級戦犯さまよいてヒロシマ以後の夏がまた逝く

戦争を知りつくしたる語り部がやわき声音《トーン》で話す殺戮

稽古帰りの新弟子のごと着崩して藍の浴衣の若者はよし

桜信長、桃は秀吉、家康は菊花なるべし男子の春秋

「起立、礼」死語となりゆく教室にウザイ、マジギレ、蜥蜴のしっぽ

熟年の教師のわれは赫々と生徒のための嘘をつきおり

水なすの深き群青食みおれば故郷《ふるさと》の夏が我に還り来

祖母がいて叔父がいてやさしき従兄いて雑居家族に父の欠落

忽然と消えた切片《ピース》は探すなとリネンのシャツの母が言いたり

拉致の子を返せと叫ぶ母もあり、吾娘の心は何に拉致さる

均一に切りて揃えし材木を組み立てるのみ現代《いま》の匠は

托鉢の僧が佇む駅前を神を畏れぬ吾は過ぎ行く

アイボという冷たく可愛いい犬がいて小首かしげて我を見上げる

静かなる時限爆弾アスベスト大都市襲うテロにもまさる

生きているだから不安がつきまとう薩摩切子にワインを注《っ》ぎて

ぬばたまの夜にスコップ取り出して地を掘るごとく怒り出す夫

## フリーズドライ

研ぎあげし刃物きらりと光らせて女が創る夕餉はまろし

秋は来ぬロマンチックが恋しくて櫟屋、小楢屋もう秋の顔

昼下りのジムのロッカーふたつみつ女の秘密蔵われており

昏き言葉たとえば〈死〉などを口にして少年ら涼やかに笑いあうなり

神々が今年の運の采を振る俄か信者の行列のうえ

進化とは香りの薄き七草のフリーズドライの粥を食むこと

秩父路の冬の祭りに鬼騒ぎ不夜城のごとぎぎと山車行く

マグダラのマリアに問いたき事の有り無償の愛ののちのゆくたて

眼下には星くずの街またたいて高層ホテルのカクテルワイン

気位の高きペルシャが媚を売るペットショップの檻《ケージ》の中に

サルコウ、ルッツ、ビールマン銀盤に痛き花咲き痛き花散る

## 不思議な季節

心にも温度差のある夕まぐれ紀の川越えて帰りゆくなり

春彼岸霞たなびき母が言う「あなたと歩くと疲れてしまう」

わたくしは曲ったことは嫌いですかのアマリリスりんと首あぐ

だんじりも終に曳かざる一人娘が坂東太郎の水に馴染んで

「じゃあまたね」置き去りにするこのわれと母との時間天王寺駅に

幾万の個人情報飲み込みしシュレッダーわが沈黙の執事

夫を放り娘らも放りたき夕つかた春の嵐はまだおさまらず

われのおらぬ夕餉を囲む夫と娘よジャスミンティは一緒に飲むから

カフェインの威力にもめげず眠りたき春は誰にも不思議な季節

プライドという名の鎧ぬぎたれば次の舞台は軽きステップ

## ウサギ伝説

この国は沈みゆく船甲板にニート眠りて負荷が増しゆく

恐きもの春のファミレス遠近《おちこち》で担任批評の花が咲くなり

ＡＳ ＳＡＭＥ ＡＳで束ねないでと少女の瞳が見ている三月の風

野蒜、田芹、つくしまで売る飽食の世に生れし子らにガキ大将おらず

「めちゃ」や「超」生き生きと今日も子供らは言葉ならざる物を冠して

文法は苦手と言いくるS君と疲れを分け合う花冷えの夜

この春も桜のアーチをくぐり行くこのときばかりはエピキュリアンで

おかげさまにていつも伸びやか団塊の世代にはつか遅れて生れて

ああ今日も田中の脳《なずき》よりＷＯＲＤが落ちるＬを付けると世界が見ゆるに

やわらかな凶器のごとき新緑の五月はふいに悲しい季節

頬も染めずすくと前向く女生徒に初めてのキス告げられており

〈解らない〉と〈解ってもらえない〉悲しみが混じれる夜に催花雨が降る

〈触るなよ〉触れてはいけない領域を奴らは増やして青年となる

少年と青年のあわいにいる君をルビふるごとくわれは愛して

ぬめぬめと蛞蝓にくまなくなめられて白きペチュニアなすすべも無く

むらぎもの言葉を探すわずか12平方センチのケータイメールに

つややかな裸婦にも見ゆる満月よ今遥かなるウサギ伝説

愚弟のようにほほ笑む首相よまほろばならず我らが大和

あらたまの年の始めの団欒にはじけるシャンパンの泡ほどの幸《さち》

太り肉《じし》のこのわれなれど尖りたる精神《スピリット》ひとつ持ちたきものを

悲しみを抱いて眠るクレバスに落ちたるような一日の終り

街路樹は青色ダイオードに華やげり吾には焦躁の文字が点れど

狸穴を覗いた思いで歩き出す夜空に輝くゆみなりの月

暖冬に伸びすぎし葱ひからびてずぶりずぶりと沈むか地球

きさらぎの淡きひかりの恋心白昼夢でよし夢想花でよし

## 冬から春へ

冬なればウィーンの街は鉛色オペラの華は夜毎咲けども

冬のカフェ五分たらずの相席に「サヨナラ」と笑むウィーンの女《ひと》は

「グーテンモルゲン」客室係の威風堂々われは小さき異邦人なり

ウィーンの街に拾うロシア語国境はハイウェィの先に確かにありて

ふるさとの葛城山に細雪新しき年がまたひとつ明く

華麗なる一族でなきこと幸せと慈姑《くわい》を食みつつ姑が笑いぬ

あなたが帰省するからと一人居の母の冷蔵庫満杯となる

翔べぬ子と翔びすぎる子の母われはＤＮＡの不思議を思う

母と姑、われと二人娘いかなる星に導かれるか晴れ晴れと正月の膳

潔く葉を落としたる街路樹を見上げるわれはかく着ぶくれて

言葉遣いの悪きおとめら増殖し大和撫子は絶滅危惧種

朝掘りにしたる筍《たかんな》ゆであげて獣皮のごときを抱えて捨てる

籠り居る娘《こ》の炊き上げし五穀飯　今年の豊穣が釜にゆるびて

抜殻のようにパジャマを娘《こ》は脱ぎて母に残せり四月の洞《ほら》を

自転車で春の真中に漕ぎ出でなペダルをわれの両翼として

哲学を青春《はる》の光にふりかざす吾娘《あこ》は二十《はたち》の清らなる爆弾《ボム》

「内緒にね」封印は今だ解かれずに若葉のころの秘密は重い

WHY NOT　惹かれるものの無きままに五月は過ぎて白バラ香る

梅雨の日は翡翠のごとき豆を食み草食獣になりたきわれか

牽牛は今どの辺り七夕の今宵帰らぬ人を待ちおり

笹の葉のさらりさらりとさやぐころ有形無形の短冊ゆるる

路線バスの終着駅に一人降り木香薔薇とあくびを交わす

カラフルなランドセルあふれる四月なり子らの未来に希望はありや

ぺんぎんのぺんぎんによるぺんぎんの為なる時間アクアリウムに

回遊魚は疲れを知らず泳ぎつづけアクアリウムは閉館時間

リクルートスーツを脱げば放たれし鮎のごとくに吾娘は呼吸す

待つことも待たれることも苦手ゆえ直球ばかり投げてしまえり

椅子取りのゲームに負けし夕まぐれ茶房のイスに吾を沈める

## やわらかな羽

相聞の心にふれて目を閉じて飲めば生ぬるし壜のエビアン

翳りなきハイビスカスの朱の色　あの夏の日がふと蘇る

ジギタリス栽培するわという人の危険水域われは見ており

重力を忘れしように身を投げてただ弧となれるハイジャンプ選手

戦いの終りし九月のフィールドを宥めるごとく和太鼓が鳴る

シャンプーにはリンスが要るのよ再婚の友は一気にビールを干しぬ

やわらかな羽をまとえど飛べもせず冬の夜更けを別れて帰る

黙しつつ視線をそらす生徒《こ》らが増え喉《のみど》の奥がひりひり痛い

一日の終りにやっと辿り着くただゆるやかな時間の岸辺

嫉妬《ジェラシー》という名の虫が蠢きて赤きワインをグラスに注ぐ

夕つかた観覧車やさしく昇りゆく恋人未満の女男の重さに

薄茶を点《た》てる

聖路加のタワーより見下ろす大東京雨にけぶれば優しい都会

まっすぐに心の振子を戻さむと姿勢を正して薄茶を点《た》てる

薄茶手前かすかな泡のつぶ立ちに今日の吉凶占っている

わたくしが一番きれいだったとき傾き始めたこの国の軸

ぐらぐらと傾き始めた後の世に生れ来し子らの天真爛漫

薬膳の鶏のスープの淡白さ　心と身体にほんとに利くのか

有機野菜を使っています　さみどりの青梗菜《チンゲンサイ》の罪の深さよ

夕まぐれM先生はやわらかく「底無し沼に居るのよわたしは」

われもまた暗き湖沼に棲むごとしくり返し言う領いて言う

夫と掛け違えしボタン子と掛け違えしボタン落しはしない

聖夜には電飾トナカイ輝けるこの家《や》に温きスープはありや

歳晩は和洋混淆楽しめりチーズ・フォンデュに西京みそを

ぬばたまの黒髪真夜に梳きおれば吾に残れる恋力あり

## 追憶

われらみな虚飾の民なりダイオード輝く街の聖夜を歩く

聖夜には「かき鍋囲んでワインは如何」今年も楽しむ私流を

うらうらと姑の脳《なずき》は闌けてゆき春の紀州に青みぞれ降る

冬はててほのぼのなつかし故郷のなまり聞きおり母の電話に

けむり立つ春の雨の日秘め事を柔肌に持つ苺大福

コミックでさらりと出会う「光源氏」読み終え浅き夢見し我は

肉体も心もすでに狐狸となりおみな老いたり花いちもんめ

「秩父ではいま臘梅が見頃です」ハイビジョンに見る花のはかなさ

女男八人「アラ還」世代となりたればふらりと出かく追憶の旅

花冷えの阪急六甲ゆっくりと追憶の独楽を回し始めつ

下り立ちてどこにでもあるコンビニに記憶の独楽がぐらりと傾ぐ

「この二階に喫茶店《さてん》があった」過去形は思い思いの色を持ちおり

旗を揚げマルクス語りし君はいま孫の話を生き生きとせり

未来など信じはせぬが過去形に飽きれば話す未来形にて

今はもう青春《はる》の止り木見つからぬ学生街はまろき曇天

空に迫り出す1K《ワンケー》という箱のなか吾娘《あこ》の眠りよ浅くはないか

蚕豆を剝けば懐かしかの五月母の秘蔵の子でありしころ

ああ五月　いくつも海を越えて来てまた卵を抱くわがつばくらめ

わが家の紋章つけたきつばくらめ今年の宿泊《ステイ》は幾日だろう

馬か駱駝アニマル顔と言われたる我が初恋の人の懐かし

## 家族

銀漢をわたりたくなる季なれど鈍色去らぬわが空模様

今日もまた煙《けむ》にまかれて負けている優柔不断の夢追い人に

完熟の夕張メロンを姑と食む優しい時間の過ぎゆくままに

夕ぐれに幼の吹きいるしゃぼんだま姑の話は浮かんで消えて

幼なごが母追うようにおろおろと姑が探せりわれの姿を

後ろ髪引かれるように家を出て職場に着けば生徒《こ》らの喧騒

先生はオランウータンの臭いがする腕白坊主が晴れやかに言う

青年は驟雨のようにあらわれて吾娘を攫いぬ水無月まひる

縁という不思議な糸に操られ小部屋に集う二つの家族

結婚には耐える力が必要です　青年の父は微笑みながら

夏のにおい秋のにおいの行き交える午後の地下鉄《メトロ》に銀の憂鬱

雨上がり目白の坂を上り行く春には親族《うから》とならむ人らと

嫁ぐ娘がねだれば買わむティファールのわれには無用の高級な鍋《パン》

風の婚ふらりと恋うる夕まぐれ姑は明るく我が名を呼べり

埋められぬ記憶の欠片《かけら》は探さずに秋の深みに姑はまどろむ

鳩山内閣発足

鳩の撒く餌に群がる人のいて政治は恐いとつくづく思う

青きバラ無い物ねだりの執念が凛と並ぶか街の花屋に

冷秋を忘れるような一日《ひとひ》あり乳色の風がすすき野を行く

水籠《みごも》れる思いがはつか浮き上がる幾つも秋を越えて来たれど

薔薇と荊《いばら》まなこ凝らして書き写すトゲ有る物はすべて疎《うと》まし

届きたるボジョレー・ヌーボー濁りなく清純なれどそれだけのこと

草食系か肉食系かわからねど吾娘が選べば三国一なり

書き慣れぬ婿の名前の祝い箸記せば明くるあら玉の年

バージンロード歩める吾娘のかたわらの夫の胸音われには聞こゆ

今日からはわれの息子と思うれば好青年晴れやかに手をあげくるる

遠景に目白の森が広がりてチャペルに響く〝アベマリーア〟

ベールを取る新郎の仕草ぎこちなく友の笑いがチャペルに満つる

チアリーディングに青春《はる》を駆けいし花嫁がのけぞり笑う式のおかしさ

ずっしりと重たき熊《ベア》を抱きつつ吾娘を育てし日々の遥けし

雛人形を小暗き箱に蔵う夕べ娘の挙式の写真が届く

春がすみ酔いて浮かれる公園に染井吉野はますます白く

定型におさまり切らぬわが性を白沈丁花がくくと笑いぬ

とりとめなきわが家の歴史リビングのソファーの汚れが気になりながら

ローンと言う軽き響きに誘《いざな》われ三十五年を住いに捧ぐ

就活の黒きスーツが乗りこみてさくらひとひらメトロにこぼす

カーネーション届けてくれし娘《こ》は離《さか》り春の愁いがわれに付き来る

わたくしの何処に眠る母の性　嫁いだ娘の名ばかりを呼ぶ

卵黄がふっくら焼けて春の朝アグレッシブに一日《ひとひ》過ごさむ

くっきりと運命線が伸びている手のひらに受く桜の若葉

## 姑の訃

きわやかな六月の朝自治会の会議に怒る男ありたり

雑木林切り崩したるユートピア土鳩が汚す住居表示を

「花の丘」と名付けられたる我が住処《すみか》　郭公ひねもす鳴けばうとまし

入梅の湿り気満ちし早朝に田舎より姑の訃報が届く

家計簿の余白に記さる一つ家の歴史とも見ゆ姑の添え書き

レシートの裏に書かれし亡き姑の右に傾く「忙しいのにありがとう」

指折れば千日暮らすことの無き我と姑とのはかない縁

乱れ無き部屋のしつらえ　その日までりんと生き来し生き様のごと

大鴉「東京三菱」の屋根にいてスタバの窓のわれを見ており

かちりという鍵の向うに娘は籠もる行く先のないボートを漕いで

アカメダカつぃっと泳ぐ水槽を眺めるむすめは動くことなく

広大無辺

草を食む男鹿のごとき青年よ日本はどこにどこへ行くのか

風雪の鑿《のみ》にも負けず立つ大樹おまえはそこで何を見ている

曼珠沙華咲きいる丘をたずね来て我らに似合いの墓地を探せり

保険屋が勧める遠き死を買いし姑の優しさ忘れがたしも

空という広大無辺を目指しつつスカイツリーは秋天を突く

ツキノワグマ何ゆえ里に降り来るや情無く術《すべ》無く撃たれるものを

鎮まらぬ怒りをそっと飲み込みて転がるどんぐり追いかけて踏む

感情の幅が小さくなってますドクターNはからりと言いぬ

## 中古品

喪中につき年賀欠礼プリンターははらりはらりと葉書を落とす

あら玉の年の始めに我が家族まれに集えばほのぼのと春

我が夫の25㎝の皮靴に婿の大きなシューズが並ぶ

我を呼ぶ見知らぬ老女と思いしがああ我が母もいたく老いたり

我らみな修理を待てる中古品　町工場のような整骨院に

我が膝に灸をすえつつ整骨医アロマよアロマと声高に言う

豪放な医師の施術の甲斐もなく半月板がぐきりと割れぬ

テレビには戦国の女泣きくずれ机上のケータイぶるぶると鳴る

昔日の巨人大鵬卵焼きその子ら長じて八百長蔓延《はびこ》る

負け組の意地にも似たる心地かな今年も隘路に桜が咲けり

満開の桜が風に舞い始め自治会総会大荒れとなる

石原慎太郎いよよ老いたり当選の弁を語るも語尾不明瞭

一面にカンニングの文字躍りいる朝刊を青年が投げこみて行く

陸奥のはやぶさとなる新幹線自然の猛威にも羽はもがれぬ

やみくもにシーベルトなど怖がらぬそういう人にわたしはなりたい

在りし日を義妹と話す姑の忌の外には五月の温き雨降る

人住まずなりて一年　姑の植えしモミジが夏の葉を光らせる

エコよりも

今日の君は寂しき土竜いつまでも頭を上げず闇を見ており

蒸し暑き教室にいて恋の話いきいき語る君はピエロか

勝敗は時の運だと信じたい努力の日々が報われぬとき

吾娘の作るスパゲティポロネーズわれのレシピを遥か離れて

停電の満員電車に身をちぢめ雷鳴る方《かた》へまなこをこらす

明るさに慣れすぎていたねと言う人の薄き唇ふいに気になる

液状化起こり得ないとそびえ立つ東京湾岸タワーマンション

エコよりも自分が大事と思いたい誰にも見られぬわが部屋にいて

「宿題は涼しいうちに」この国に優しい夏が在り得たるころ

暑中見舞届けましたと言いたげにスチールポストに蟬が潜めり

五回目の干支が廻ればば秋深くすいっちょすいっちょ友ら集る

声だけは青年のごとし半生を宇宙開発に賭け来し友は

日本の宇宙開発は遅れすぎと天文学的数字の混とん

言えぬこと言わざりしこと山とあり周りの木々のみ色づいて行く

朝ドラのヒロイン糸子に教えちゃろ由緒正しい岸和田弁を
岸和田産で埼玉住まい不幸だねと公になる幸福指数

ロコモコソース

なまぬるき風にさそわれ蜜月の記憶も遥かホノルルに着く

花嫁にレイをさずけし空港はしたり顔して我を迎える

もう我は花の嫁などではなくて嫁科鬼属のはんちゅうに入る

胡獱《とど》・海豚《いるか》ワイキキビーチはZOO《ズー》となり太り肉《じし》など誰も気にせぬ

ワイキキは「良水」の意味だとドライバーとくとく語る肩をゆらして

岬にて広がるパノラマその先に真珠湾なる悲しみの海

列をなすファーストフードレストラン小さきジャップがジョッキをあおる

アラモアナにて「死海の塩」を商えるヨルダン女のこまやかな膚

ロコモコのソースのぬるき感触を舌に残してストリート行く

曇天のハワイの海はけだるくてヨット一はり波間を漂う

## 孤高の一木

待つ人もあらねど一人倚りかかる春の茶房の布張りの椅子

止り木に心も休めて鳥のごと小雪を見ている春のドトール

マンガ雑誌読みてにやける青年が青虫に見ゆ春のメトロに

若きまま逝きたる友の墓に来て黙して語るこの二十年

花に酔う人の行き交う桜並木孤高の一木まだ八分咲き

昨日会い明日も会いうる隣人と桜の下に車座になる

レシートに釣り銭を載せる青年の指にふれたき初夏のコンビニ

梅雨空に金属の匂い滴らせ立たねばならぬ六三四すくりと

梅雨晴れにゼブラゾーンを行き交えば獣のにおい立ち上りたり

公園から家まで続く一本道「御用達よ」と友が笑えり

原爆の記念日なれど街中はメダルメダルと喧噪の中

伝統の柔道負けてなでしこの強き女が球を蹴る夏

わが産みしおみなご二人秋の夜に思い思いの地図探すらし

秋深み老いたる母の繰り言をさらりと躱す術が欲しかり

アキアカネ秋のオブジェと言いたげにフロントガラスにひそと張りつく

姑の風鈴

田舎家に風を通して見つけたるもう鳴り出さぬ姑の風鈴

猫という流浪のけものが安らげる無宿渡世の秋の日だまり

戯言の中に真実隠されて固形燃料もえ尽きてゆく

房総のホテル一宮館

塗りたての青き蛙は居らねども恋心の満つる海の離れ家

文人の書きたる恋文石碑となり秋雨に濡れ恥じらうごとし

五十デニールのストッキングの暖かさ見むきもせざる頃の傲慢

「淡麗」のまことしやかな嘘に酔い原発ゼロの日本を想う

バスタブに柚は清《すが》しき香を放ち伏し目がちなる冬物語

目鼻立ち似ておれば寄りゆき声かけぬ竹島《ドクト》も尖閣も火を吹かぬ頃

正月の「ガイアの夜明け」が写し出すその後のクウェート粲粲として

赤プリは周りの景色を道づれに日ごと沈んで昭和を閉じる

夕まぐれ空を飛び来し言の葉が矩形の中で我をとらえる

勘三郎・団十郎の顔のなきお練りの列に小糠雨降る

負けの日は妻に優しくしたという大鵬ますます好きになりたり

遥かなるクウェート

一九八八年イラン・イラク戦争の頃

錦繍がはらりはらりと解けるころ夫の中東転勤きまる

あれこれと引越し準備にダメを出すハムラビ法典あなどり難し

空港で取り上げられたる酒のビン禁酒の国のいずこに消えし

さくさくと砂地を行けば現れる我らが住むべき高層マンション

部屋内《ぬち》でボール遊びに興ずれど砂上の楼閣ぴくりともせず

隣室の主婦に教わり言ってみる「鱗を取って」OUTSIDE CLEAN

市場にて見知らぬ魚を買い来たり横腹の刺青《タトゥー》に心引かれて

「すき焼スライス」と言えばうなずき髭濃ゆきアラブの男が肉塊を切る

敏腕の家政婦リタが覗き見る我ら家族の散らかしようを

青き海と美しき宮殿《パレス》に誘われてビデオを撮りし夫逮捕さる

サーモンの手毬の鮨を作りおり咎人の妻となりしを知らず

救いしはビデオ拙き夫自身「問題無し《ノープロブレム》」と釈放されくる

寺院《モスク》より朝夕聞こゆるコーランに仏徒の我らは為すすべもなし

ペルシア湾青く凪ぎたり我が家にもクウェートにも有りし平和なひと日

遠花火ま昼間に聞き湾岸に確かに戦うイランとイラク

戦場に近き我らの無事祈る姑の餡断ち母の寺社詣で

蔵いおくロンドン行きの航空券恋の為ならずいざという日の

目を射られ心も射らるる金市場《スーク》じゃらりじゃらりと黄金が揺れる

金市場《スーク》の帰途に会いたる少年は昨日も路上でガムを売りいき

この国にオイルマネーがもたらしし幸せと不幸せ羊は知らず

巻き舌のＨＯＷ ＡＲＥ ＹＯＵに慣れしころ夫に帰国の命が下りぬ

帰国して兎の小屋に灯を点す細《ささ》やかなるこそ安寧なりと

遥かなる灼熱の国クウェートに駱駝の家族が通り過ぎたり

シェヘラザード今も語るかアラビアの千夜一夜をヴェールの中に

## 銀のエンジン

遅まきに席に着きたるＴＰＰ春の嵐は茫々として

花嫁の伯母なる我に南国の月がふるふる泣き笑いせり

教習所の明かり一斉に落とされて息をひそめる銀のエンジン

鍋を磨く日々に幸せ有るらむかたとえばミズキの花の優しさ

牽牛を傍らにおき機を織る春夏秋冬片目をつぶり

巡礼はどこまで続くや人生の箸休めのごと旧友と会う

蚊帳・浴衣・団扇・風鈴・かき氷おかっぱ頭の我のいた夏

源流をたどりてゆけば見ゆるらんわが血の深みにある何ものか

リトマスの性を持ちたる花びらを雨に打たせて紫陽花変化

ウィーンよりブダペストへの森深くＥＣＯエコエコと風車が回る

四畳半大のベッド使いしマリア・テレジア喜怒哀楽も破格サイズで

「美しき青きドナウ」は深みどり滔滔として国を分けゆく

黒犬に額近づける男いて街の絵師いてカレル橋わたる

橋に立つ三十体の聖人の声が聞こえる風が通れば

クリムトの接吻の前に立ち尽くす金の光に恍惚として

天井の天使が見下ろす異教徒のわれの身内にある悪の華

ウィーン風カツレツを避け迷わずにうどんを選ぶ旅の終わりは

混み合える車内にいてもスマホする餌を食みいる魚のように
PARCOにて小島ゆかりとすれちがう水陽炎の夏の終わりに

## 欠落の小片《ピース》

手のひらに落ち葉かかえて走る子ら羽毛のごとき秋を散らして

聖夜には聖徒のごとく過ごさんと灯りしぼりてシャンパンをぬく

国際化は昔々に始まりて子らに聞かせるＰＥＡＣＨ ＢＯＹを

はびこれる赤鬼青鬼ひ弱なる桃太郎には荷が重すぎる

犬・猿・雉　助っ人ばかり小賢しくぐじゃらぐじゃらと野山を越える

かわゆき孫なかよし夫婦ほほえめり賀状に人は幸見せつける

欠落の小片《ピース》をさがす旅に出て埋められいしもの落とす夕ぐれ

幸せはどこにでも有る月四度土曜日には飲むプレミアムモルツ

三路線乗り継ぎ行きし代講の夕べにひらひら春雪が舞う

不惑など遥か昔のことなれど惑い続けて今なお惑う

乳呑み児のときに別れし父なれば如何なる男と思うも勝手

「先生」と駆け来る子らの夢を見て救われいるは我かと思う

菜の花の苔にひそむほろ苦さ旨しと思う朧月夜は

菜の花が肩をよせ合い笑いおり春の電車がびゅんと通れば

山寺に淡淡とした桜咲き地蔵がひっそり春を見つむる

花水木われを忘れて咲くようなそんな五月に背を向けている

捨てられぬ物ばかり増え恐ろしき樹海に入りたる心地こそすれ

水茄子

行くべきか行かざるべきかと迷う母五月の若葉が目に沁みるゆえ

家具を出し思い出も出し出会いたり二歳の我の座敷童に

この家を守り来たるは女丈夫の祖母の亡霊はたまた母の

ごっとんと各駅停車が動き出し母にも我にも故郷離《さか》る

時計屋の兄ちゃんにまで見送られ母が出で来し泉州岸和田

とれとれの鰯に水茄子恋しきと母はぽそぽそ夕餉を食べる

夫がいて仕事があって母がいて不足なけれど今年の五月

穂芒を集めたような母の髪洗いておればかすかに香る

文語にて八十五歳が攻め来れば口語を愛する娘は黙す

母の目に何歳《いくつ》に映るかこの我はこれから先も不肖の娘

コツコツと右肩下がりに歩く母転ばぬように転ばぬように

柞葉の母を抱きて湯に入りぬ母が子となり子が母となる

「福島」と書かれし茸を手に取りて踏み絵のごとき二分が過ぎる

白蓮は嫌な女と決めつけて凡の女の茶会がはずむ

若きらに混りて仕事を終えし夜カリリと齧るアーモンドチョコ

甘やかな孫の匂いを欲すれば友がくれたり木彫りの梟

透けて見ゆる腹に子を持つ梟がふふふと笑えば今宵満月

小さきもの犬猫小鳥やわやわとわれの傍より擦り抜けてゆく

朝な朝な梟なでれば「福」来ると友が言いたり神にはあらず

ほのぼの眠る

ＪＲを省線と言いし頃のわが青春逃げ水のごとき恋に出会いき

柴田翔・高橋和巳読み耽るあなたのことがわからないまま

渡りゆく群もひとときを伊佐沼に置かれてたゆたう玩具ふゆどり

秋深し夫と食みいるミルフィーユ互《かた》みの地雷を踏むこともなく

北欧の原野に生れし水鳥に暖をもらいてほのぼの眠る

柱時計の時メロはカノンにナハトムジークおまえの律儀がときにあざとい

「おはよう」と笑顔を返す隣人に言わないでおく猫の悪業

デパ地下にアナ雪の着メロ届き来て〝明けおめ〟などと言の葉軽し

白味噌の雑煮を二杯平らげる東男の初春の気づかい

「売家」の看板かたぶくこの家に団欒ありき落ち葉の嵩の

神主は神の顔して僧なるは仏に似たりと「爆笑問題」太田が笑う

百年を待つ

はばからず人前に乳ふくませし女らの母性いまは遥けし

ウグイスは鶯色にあらねども紛れもなく鶯の声にて鳴けり

帰る人行く人待つ人さまざまに東京駅は百年を待つ

右に左に揺さぶられつつ春闌けて心の目盛り狂いゆくなり

それぞれに家族の構図を描きおる墨田公園三月十日

小糠雨を道連れにして歩きゆく父の住みいし墨田区横川

この風に父も吹かれていたのかと顔なき声に耳を澄ませる

北斎の遠近法の図《と》画《が》のすみ富士はひるまず姿を見せる

桜花いくつ言の葉散らしけむ君にはきみの我にはわれの

霊長類ヒト科に生れし幸いにどっと笑いぬ冬の獣園

ミネルヴァの梟

満月に外科医のごとくメスを入れくずしつつ食む朝の食卓

さわやかな若葉の季節の家仕舞亡きものの声さえかろやかにして

たたむのは家のみならず父母の残照として紅白躑躅

きらきらと夏陽を浴びて身籠れる唐黍畑の黄なる豊かさ

同窓会よもやま話のあれこれは足し算ひき算まれに掛け算

生ビールぐいと呷れば海賊の頭とならむ地下のビストロ

ミネルヴァの梟なんだと思いたい夜更けの厨にパン焼く吾娘を

ケータイを忘れたる日は浮き草なり忘れて来しは「我」かも知れず

「九十年生きれば天寿」と紅白の水引きかけて粗供養の茶

「はいチーズ」パブロフの犬あまたいて笑う悲しき被写体なれば

パンドラの箱を開けたり夕まぐれ空《くう》なるものをかすか夢見て

逢魔がときでもあるまいに白昼に手から失せたり百合の絵の傘

遺失物は落穂のように束ねられ主のにおいをかすかに零す

こころ病みて二十年《はたとせ》になる我の娘よおまえをおまえのままで愛しむ

デイケア、作業所すべて拒否をするむすめの闇はそんなに深い

ハレの日と褻《け》の日の間に横たわる我と娘の切なき時間

病める娘に縁談ありし初春にふわりふわりと牡丹雪ふる

小康を得たりと友の文ありて季節はずれの梅がほころぶ

親愛なる友《ディアフレンド》と呼びかけはすれなまなかな片恋にも似て遠き隣国

## お馬が通る

午前七時こんなに空いててよいものか人恋しくなる都心の電車
エンジン音の静かな車を手に入れてそこのけそこのけお馬が通る

降ろされて修理を待てる大天使ミカエルなれど人の子に見ゆ

飢える人こんなにいるのにコンビニに廃棄と貼られし鶏牛蒡むすび

三井家の雛のまなざし深けれど都心の桃はまだ七分咲き

騒ぐのは祭の日だけやないんです日常茶飯事だんじり囃子

竹藪の風の匂いがちがうからタケノコまでも岸和田贔屓

政治屋が政治をすなるこの国の「憲法九条」外貨建てなり

地震という持病をもてる列島を春の嵐が駆け足でゆく

香り立つ新茶のようだ夏服の女学生らがふつふつ笑う

玄関に自己主張するごと香を放つ百合の顔《かんばせ》きょうは疲れて

紀の国屋・旭屋・リブロ・ジュンク堂本の虫には誘蛾灯なり

いずこにて生れしものか螢《ほうたる》は都心のホテルの庭にまたたく

時として我の土星《サターン》となる母と新月の夜は諍いもせず

世の中は猫派と犬派が大手ふりペット嫌いは肩身の狭し

男らの海に身を投ぐ新知事は花柄ジャケットに刺を隠して

リオよりも八月六日のヒロシマの特集を見る　忘れてならじ

むかしの磯の香

初恋の君と囲める故郷の寄せ鍋むかしの磯の香のせり

故郷の鍋はしみじみ優しくて「きれいやったね」みんな過去形

「清らかな恋だったよね」と笑う君そのテノールがふいに愛しく

鼓笛隊を凜と率いし君が言う我が子のことは「難しいなあ」

昼夜の時計の狂いし吾娘なれど秋には秋の楽しみをする

秋の日の動物園に来てみればゾウはみごとに「象」なる形

トマトパスタ一心に食べ前足を赤く汚せるシチリアの白猫《シロ》

実りの秋食欲の秋を享受して平和なればこそと誰かが言えり

晴天に「終戦」聞きし民なれば手放してはならぬ戦争放棄

## バゲット

この子にはこの子の理屈があるようだ庭の山茶花あちこちに向く

稼ぎたる娘に煮込むビーフシチュー禁句をこっそりスパイスとして

益荒男といわれるかもと躊躇する泡盛水割り二杯目のあと

三が日はあっという間に過ぎてゆき買い物袋に顔出すバゲット

南天の朱き実一つ零れおり元日の朝の呼吸のように

初春にわが付け下げを着せやればコピーのごとし我の乙の娘

六人の家族が囲む正月の膳はほのぼの角をかくして

このごろはヒールのなき靴選びおり人は平たく丸くなるもの

徳のなき大統領の演説に世界は雪崩るる混迷のなか

朝なさな秋摘みの狭山茶手にかこむ私は私の顔をしたまま

Iはなぜ大文字で書くのと子らが問う春のクラスは自意識に満ち

飛ぶ前の昂りひとつ呑みこんでわれは越えたり埒のハードル

六月の雫を集めし果実酒をオールドパーの壜に移せり

# 解説

「合歓」代表　久々湊盈子

阪本ゆかりさんとわたしは加藤克巳先生の主宰されていた「個性」の同門なのだが、住まいが離れていることもあって、あまりお目にかかる機会がないまま、残念ながら「個性」は終刊になってしまった。親しかった誰かれと自然に袂を分かつことになって、仲間と離れるというのはこんなに淋しいものかと落ち込んでいるときに、阪本さんから近在の仲間数人と「合歓」に入会したいと連絡をいただいたのであった。

当時のわたしにとってそれは無上の喜びで心から歓迎したのだが、月刊の「個性」に作品を出していた人達には季刊の「合歓」は物足りないのではないか、と心配したのも事実である。だが、阪本さんを中心とする志木支部の会員は、たちまち「合歓」では無くてはならない存在となり、現在では賑やかに、愉しく、頼もしく会を牽引する一派をなしている。

『欠落の小片《ピース》』は阪本さんの第一歌集である。いつお会いしてもパワー全開という感じのする明るく屈託のない彼女を知るものにとっては、あるいは『欠落の小片《ピース》』という歌集名はそぐわないと思われる向きもあるかもしれない。だが、わたしは今回、阪本さんの歌集原稿を通読し、そのあとがきを拝見するにいたって、闊達な彼女が生い立ちから現在にいたるまでに他人には見せないように内に抱え込んで来ただろう淋しさや、葛藤を垣間見た気がしたのだった。

明るく、陽気に見える人というのは、えてして他人に心配をかけまいという気配りの人でもあるわけで、短歌という自己表現の方法がひょっとしたら本人自身も気づいていない、内奥の孤独感や焦燥感、不全感などを引き出したのかもしれない。いくつか作品をあげながら感想を述べてみたいと思う。

坂ひとつ登り切れずにとまどいてギアチェンジする夕映えの中
わが鬱をわが手に断たん曇天に今日は大きなシーツを洗う
夫を放り娘らも放りたき夕つかた春の嵐はまだおさまらず
われのおらぬ夕餉を囲む夫と娘よジャスミンティは一緒に飲むから
幸せはどこにでもある月四度土曜日には飲むプレミアムモルツ
牽牛を傍らにおき機を織る春夏秋冬片目をつぶり
秋深し夫と食みいるミルフィーユ互みの地雷を踏むこともなく

これぞ阪本ゆかり、といった歌をまず抄いてみた。何かに行き詰ったとき、躓いたとき、彼女は他者に訴え判断をゆだねるのではなく、自らの選択によってギアチェンジが出来る人なのだ。くよくよする暇があったら曇天であろうとかまわず、洗濯機に大きなシーツを放り込んでガラガラとやれば気も晴れるというもの。つまり、自分を甘やかさない。自己の感情処理がとてもうまいのだと思う。夫も娘たちも彼女がなにか大きな屈託を抱え込んでいる時には嵐が行き過ぎるのを息を潜めてやり過ごしてくれるのだろう。だが、プンプンと出て行った彼女は、たちまちにさびしくなって「ジャスミンティは一緒に飲むから」と言わずにはいられない。そこには誰より彼女を理解してくれる寛容な夫がいて、どんなものより大切な娘たちがいるのだから。

五首目の「月四度土曜日には飲むプレミアムモルツ」にはそういった彼女の生活感覚がよくうかがえる。忙しく過ぎた一週間の締めくくりとしてビールが飲める幸せ。自分へのちょっとした慰労の気分もあるのだろう。そうやってささいなことには片目をつぶり、互いの弱点や多少の不満を言い立てることなくいれば夫婦は円満に決まっている。つくづく頭のいいひとなのだなあ、とわたしはここでいたく感心をするのである。

母われは木洩れ日のごと抱き込む羽ばたける子と羽ばたけぬ子を
虚ろなる心を持てる娘と笑う絵そらごととなるテレビドラマに
籠り居る娘の炊き上げし五穀飯　今年の豊穣が釜にゆるびて
かちりという鍵の向こうに娘はこもる行き先のないボートを漕いで
ミネルヴァの梟なんだと思いたい夜更けの厨にパン焼く吾娘を
病める娘に縁談ありし初春にふわりふわりと牡丹雪ふる

阪本さんには娘さんが二人いる。どこの家庭でもそうだが、同じものを食べさせて、同じように愛情をそそいで育てたつもりでも、子供達にはそれぞれの性格があり、学校や地域での友人関係などもあり、二年三年の差であっても時代状況の変化もある。一方がおとなしく内向的で、もう一方が思いきり外交的という例だって珍しくない。阪本さんのお宅でも長女が慎重派、次女は積極派といった組み合わせであるらしい。未知なる空へと飛びたがる子も心配ではあるが、やはり親元から離れたがらない子が気がかりで、集中にはいくつもそんな親心が感じられる歌が見られる。五首目の「ミネルヴァの梟」とはローマ神話に出てくる知恵の象徴のことである。何を思ったか夜更けにパンを焼きはじめた娘に、なにか深い思索があってのことなのだろうと母は黙って見ている。本を読み、音楽を聴いて、料理も好きな娘に欠けた何か。ほんの小さな欠片が埋められたならどんなにいいか、この歌集の題を思ったときに阪本さんはそんなことも考えていらしていたのかなあ、と思うのである。

一人居は孤独にあらずと母は言う「倚りかからず」のページを伏せて
「じゃあまたね」置き去りにするこのわれと母との時間天王寺駅に
とれとれの鰯に水茄子恋しきと母はぽそぽそ夕餉を食べる
穂芒を集めたような母の髪洗いておればかすかに香る
文語にて八十五歳が攻め来れば口語を愛する娘は黙す

コツコツと右肩下がりに歩く母転ばぬように転ばぬように
六人の家族が囲む正月の膳はほのぼの角をかくして
このごろはヒールのない靴選びおり人は平たく丸くなるもの

阪本さんは大阪府貝塚市の生れだが、幼いころから結婚して東京に転居されるまで岸和田市に住んでおられた。そう言われれば今でもどことなく「大阪のオバちゃん」風のところがなくもない。というのは冗談だが、若くして夫と別れ、その後もついに結婚することなく彼女を育ててくれたお母様が高齢となられて、しばらく前、岸和田の自宅を引きはらって狭山市の阪本家に同居されることになったのである。そこまでのいきさつについては一人娘の阪本さんにもさまざまな思いがあったにちがいない。

茨木のり子の詩「倚りかからず」が出版され、評判になったのは一九九九年であった。まっすぐに人生を肯定的にうたう茨木のり子の、「じぶんの二本足のみで立っていてなに不自由なことやある」という詩は、精神的にも経済的にも自立した人生を送ってこられたお母様の心をそのころきっとつよく捉えていたことだろう。ちなみに茨木のり子は大正十五年、大阪生れ。おそらくお母様は同じ時代の空気を吸っていたことと思われる。そんな気丈な母親に育てられたのだから、阪本さんが気風がいいのも大いにうなずけるところだ。一人でもまだまだ大丈夫、という母を説得して同居はしてみたものの、それはそれでお互いの価値観の相違や暮らしぶり、食べ物の一つ一つにも「こんなはずではなかった」と思うことの連続だったのではないだろうか。愚痴を詠うことはほとんどしない阪本さんであるから、そのあたりは歌集からは窺われないのだが、それでも聡明な母は娘を立てて、娘は平たく丸くなることで今では日常がうまく回りはじめているようだ。

ああ今日も田中の脳よりWORDが落ちるLを付けると世界が見ゆるに
〈触るなよ〉触れてはいけない領域を奴らは増やして青年となる

黙しつつ視線をそらす生徒らが増え喉《のみど》の奥がひりひり痛い
先生はオランウータンの臭いがする腕白坊主が晴れやかに言う
「先生」と駆け来る子らの夢を見て救われいるは我かと思う

進学塾の英語の講師としての阪本さんの一面もまた興味深い。神戸の大学を出て、大手の企業に勤め、結婚されてからもクウェートに赴任する夫に家族ぐるみついていったというのだから、もちろん語学が堪能なのだろうが、扱いにくい十代の受験生を相手に奮闘しているさまは想像するだに痛快である。「先生はオランウータンの臭いがする」と言ってのける生徒も面白いが、それを「晴れやかに言う」と受けて流す先生もいい。われわれの育ったころとは比較にならないくらい目まぐるしく時代は変容している。先生のほうだって負けずに勉強しなくてはならないことが多いことだろう。受験という修羅場に向かう少年たちと真向かっている彼女の歌はこれからもますます野太く、われわれの知り得ない領域を見せてくれるにちがいない。

この歌集のどこのページを開いても生き生きとした作者の息遣いが感じられることに気がつかれることだろう。故郷が好きで、家族が好きで、仕事が好きで、生きていることが好きだ、といった阪本ゆかりの歌集が多くの人に読まれますように、多くのご批評を寄せていただけますように、と期待と願望をこめて、すこし長文となったわたしの解説といたします。

# あとがき

わたしと短歌との出会いは二〇世紀最後の年の春のことでした。夫は金沢へ単身赴任中、娘たちも十代となり自分の時間が持てるようになってきて、自分という存在の意味を見つめ直す、いわば内省的な気持ちが芽生え始めていました。そんなとき、新聞の短歌欄が目に入ったのです。わずか三十一音に人生が凝縮されているようで、たちまち虜になってゆきました。そして次第に自分でも作りたいという気持ちが沸々と湧きあがってきたのです。でもすぐに、「わたしにも出来るかもしれない」は軽率な誤解であると思い知らされるはめになってしまいました。

何かに導かれるようにしてまずは川越の読売文化センターの短歌講座に通うことにしました。講師は加藤克巳先生でした。先生の作品はもちろん、お名前も存知あげなかったのですから、新人のわたしにまったく分けへだてなく接して下さる先生にみるみる傾倒していきました。何を詠めばいいのか、どのように言葉を組みたてればいいのか、まったく右も左も分からないわたしに、先生は「思ったままを格好つけずにそのまま詠みなさい」と励まして下さいました。先生の主宰される「個性」に入会し短歌の仲間も出来て何とか形になりそうだったのですが、しばらくして思いがけず「個性」が終刊になってしまったのです。加藤先生がご高齢になられてさまざまなことが不如意になられたから、ということでした。

せっかく短歌という詩形に馴染みかけていたところでしたから、わたしは近隣に住む短歌の友人たちと相談して「個性」の先輩である久々湊盈子先生の「合歓」に入れていただくことにしました。久々湊先生も加藤先生同様、良いところは良い、だめなところはどこがだめなのか、はっきり指摘して下さいます。裏おもてのない性格というのもわたしの大いに同調するところなのです。そうして短歌と出会ってから約十七年という月日があっという間に経ちました。今にして思えば、わたしの短歌の基本の精神は加藤克巳先生に、実作面での技術的なところは久々湊盈子先生に薫陶を受けたという、実に幸運なことであったのだとしみじみ思っています。

『欠落の小片《ピース》』はわたしの第一歌集です。短歌をはじめた二〇〇〇年春から二〇一七年夏までの四六六首をほぼ制作順に収めました。

歌集名からはすこしネガティブな感じを持たれるかもしれませんが、生後三ヶ月で父と別れたわたしには、その胸に一度も抱かれることのなかった父への漠然たる欠落の思いがあるのかもしれません。もちろん、シングルマザーとしてわたしに淋しい思いをさせないように父親の分まで頑張ってくれた母をはじめ、このうえなく慈しんでくれた伯父、伯母やいとこたちからの愛情によって、今の屈託ない性格が形成されたのだと感謝はしているのですが。

ここ二、三年のあいだ、夫の故郷の実家、さらにわたしの実家の処分を余儀なくされてきました。進学塾の講師という仕事を持っているわたしは忙殺されながらも、幸い、持ち前の体力気力で何とか乗り切った感がありますが、必要に迫られてそういった雑用をこなしているうちに自分でも驚くほどに望郷の念が湧きあがってきたのです。集中にいくつも故郷の歌がありますが、これもまたわたしのひとつの欠落の感情なのだと思います。

しかしながら、ここに立ち止まっているわけにはいきません。この歌集出版を契機として、「欠落」を「再生」へと転換していけますように、ほかならぬ自分自身の人生なのだから、すべてを受容してポジティブに生きていけますように。こころから今、そう思っているところなのです。

身近にいてわたしを支えてくれる歌友の皆さま、多くの友人たち、いつ帰省しても温かく迎えてくれる故郷の人々、そして何より大切なわたしの家族に心から感謝を述べたいと思います。

最後になりましたが、この歌集出版にあたり、いろいろとお骨折りいただきました久々湊盈子先生に厚く御礼申し上げます。また版元の田村雅之さまにもご助言いただきました。すてきな装丁をして歌集を引き立てて下さった倉本修さまにも記して御礼申し上げます。

拙い歌集を読んで下さった皆さま、ありがとうございます。今後ともどうぞよろしくお願いいたします。

二〇一七年七月　小暑

阪本ゆかり

著者略歴

阪本ゆかり

一九五二年一月　大阪生れ
一九七七年　結婚。二女の母
二〇〇〇年　「個性」入会。終刊まで会員。
二〇〇二年　「合歓」入会
　日本歌人クラブ会員
　埼玉県歌人会会員

歌集　欠落の小片《ピース》

二〇一七年九月二〇日初版発行

著　者　阪本ゆかり
埼玉県狭山市水野六〇六―一二一　フラワーヒル五二―五（〒三五〇―一三一七）

発行者　田村雅之
発行所　砂子屋書房
東京都千代田区内神田三―四―七（〒一〇一―〇〇四七）
電話　〇三―三二五六―四七〇八　振替　〇〇一三〇―二―九七六三一
URL http://www.sunagoya.com

組　版　はあどわあく
印　刷　長野印刷商工株式会社
製　本　渋谷文泉閣